KB070569

문득 만난 얼굴

문득 만난 얼굴

주원규 시집

106

문학수첩
시인선

문학수첩

*

시인님, 만날 때마다 항상 반가웠습니다.

어려운 일 만나면 이 사람이라면 어떻게 해결할까, 지혜
를 구했습니다.

안 보이면 그리웠습니다.

〈통섭通涉에의 순례〉의 길을 떠난 이후로

함께한 세월이 아득합니다.

* *

중심을 잃으면 쓰러지는 법, 하나님 말씀과 시로써 중심
을 잡고 싶습니다.

또한, 이 시집에 집중된 정성들이 내 생애의 으뜸 기쁨이
며 으뜸 감사함입니다. 추천해 주신 김윤성 선생님, 늘 돈
독히 감싸 주시는 소설가 김제영 님께 손 모아 감사를 드립

니다.

　감태준·김석·윤석산·채수영 시인들을 비롯한 우리 〈응시(凝視)〉동인들의 40여 년의 우정이 응집된 산물이어서 감개가 무량합니다. 발문 집필 조건은 그야말로 최악 상태(뇌수술 후 후두암으로 성대 절제하느라 장기 입원)였습니다. 특히 꽉 짜인 동유럽 여정임에도 멀리 슬로베니아까지 자료를 지고 가서 탈고해 전송해 준 윤석산 동인의 우의에 깊이 감사드립니다. 또한 외우 김석 동인과 함께 작업하고 한 출판사에서 동시에 서로의 시집을 출간하게 되어 기쁨을 더합니다. 배려해 주신 문학수첩 강봉자 대표님과 임직원 여러분들께 손 모아 감사드립니다.

　수고스럽게 편집과 컴퓨터 작업을 해 준 외손자 윤하원, 막내딸 지영·김기웅 부부의 노고를 잊을 수 없습니다. 더하여 컴퓨터에 작품과 사진 들을 저장 관리해 주시는 서정

혜 시인께 감사를 드립니다. 조용히 꽃대를 올려 피고 있는 천향과 철골소심 난초향이 많은 위로를 줄 듯 싶습니다. 곤비困憊한 중에도 내 시업詩業에 힘을 준 가족들에게도 무한 고마움을 느낍니다. 감사합니다.

2017년 8월 불광동 우거寓居에서

주원규

1부

2부

3부

4부

1부

소리의 뒤꼍 마을

땅이 바람 만지는 소리
비둘기가 꿈새순 쪼는 소리
햇살이 앞니 반짝 튕기는 소리

소리 사이사이
무엇이 무엇을 향하여 고래고래
고래고래 소리를 지른다

고래고래

소리 뒤의 모든 소리는 고요하다

고요한 소리끼리 모여 사는 동네
그 마을이 내 귓바퀴 안에 있다

바다 둔주곡遁走曲

매일 아침 햇덩이 하나씩
밀어 올리는 바다의
저 힘

그 힘이 바다를 푸르게 물들인다
파도 이랑마다 칠색 무지개를 띄운다
뱃길을 열고, 다랑어랑 뿔조개
가는귀 먹은 철갑상어도 키운다
섬들을 엮어서 섬들을 섬이게 한다

바다의 저 힘을 모르고는
바다를 건널 수 없다
섬과 섬에 이를 수도 없고
네 말과 내 말을 섞을 수도 없다

매일 아침 햇덩이 하나씩

밀어 올리는 바다의

저 힘

그 힘으로 바다는 늘상 바다 곁에 있고

그 힘으로 바다는 항상

늙지 않는다

판타지아

1

말이 풀을 먹는다.

말이 풀을 먹으며
큰 눈을 껌벅인다.
큰 눈을 껌벅이며 말은
말똥을 싼다. 풀잎 줄기들이
하얗게 엉켜 있는, 메마른
말똥

2

지구의 살가죽에
푸르게 돋은 풀잎

풀잎들은 말갈기의 윤기를 더하고

말똥은 푸른 풀의 푸르름을 더욱 빛낸다.

3
여름이 뛰어노는 언덕
겨드랑이 밑을 휘도는
시냇물 소리

시 詩

이래서 빼고
저래서 빼고
간절히 사무치는 또 그 뭔가 영롱한
그 뭔가 싶어 또 몇 줄 건졌다가
귀 간지러워 또 한 줄 빼고
눈 껄끄러워 또 한 줄 빼고
머리 뒤숭숭 마음 산란해
오금이 저려 또 한 줄 빼는 중

마침내 어둠이 새벽별을 띄우매
퀭한 두 눈망울만 별들과 함께
반짝인다

도랑물 소리

이런저런 얘기 듣다가
고개를 주억거리다가
콧방귀 뀌다가
묵정밭에서 잡초를 뽑다가

버리고

살짝 금 간 여자가
콧소리로 웃는 입가장귀

하염없다

간밤 꿈자리가 사납더니
가랑잎 날리는
저물녘

숨을 잘못 쉬어

목구멍이 아픈

도랑물 소리

불개미 떼

매미가 어느 날 노래를 멈추고
홀연히 죽으니
불개미 떼가 몰려와
속살을 모두 파먹었다

환골탈태, 그 지고의 순간에
— 그리하여 껍질만 남았다

공명통 같은
껍질

바람이 들고나며 오랫동안
그 껍질을 피리 삼아 불곤 했다
그 껍질이 마침내 기약 없이 삭아
그 붙어 있던 흔적마저 아득해질 때까지

귀 밖이 고요한 어느 시간엔

그 공명통 매미 소리

메아리 되어 이명^{耳鳴}인 듯 종종

울리어 온다

무제無題 뒤꼍

지고 싶어 피는 꽃이 어디 있으랴

하루살이 떼도 오늘의 목숨을 위하여
떼 지어 난다

고추벌레는 또 어떠냐
살아서 또 고추벌레로 태어나기 위하여
청양 고추 그 매운 살을
쉼 없이 파먹고 있지 않느냐

가만히 보니, 동백꽃은
라일락꽃을 이기기 위하여
피는 것은 아니던데

여울물도

열 길 폭포도

천 리 먼 길을
거슬러 치고 오르는 연어 떼
그 허리와 꼬리지느러미 억센 힘은
어디서 올까, 그것은
쏘아보는 내 눈빛에서 나오는 것이 아닐까,
한다

요즘 세상에

좀처럼 웃을 일 없는 요즈음
웃기기도 힘들고
웃기도 힘든 요즈음

고양이가 허리 오그려 웅크리고
귀 쫑긋 세우고
팽팽히 고누고 있다가 날렵하게
쏜살같이 쥐 한 마리를 낚아챈다

영화 한 장면을 보듯
이윽히 보고 있던 청년 왈
호야, 요즘 세상에 쥐 잡는 고양이도 있네
하하, 기특도 해라, 늙은 것이 쥐를 잡다니
하하, 호이호이 웃으며 해 지는 쪽으로
사라진다

까치집 공법工法

미루나무 맨 맨 꼭대기 까치집
부실 공사의 표본 같다
손톱으로 살짝 튕기거나
입김 한번 세게 불면 하르르
민들레꽃처럼 날아갈 것 같다
그러나 보라, 태풍 지난 뒤
미루나무 뿌리는 차라리 뽑힐지언정
까치집은 눈썹 하나 빠지지 않는다
철근 한 올
시멘트 한 부대 쓰지 않았음에도
돌이 나르는 태풍을 능히 견딤은
어느 나라 어떤 공법인고?

사과 알이 툭 떨어지며

시계가 멈춰 있다고
시간이 멈춰 있는 것은 아니다

구름에 법이 없듯
바람에도 법이 없다

물은 머리를 항상
바다 쪽에 두고 흘러 간다

사과 알이 툭 떨어지며 사과 알이
툭 떨어지는 법을 깨우쳐 준다

나무는 성자^{聖者}처럼

나무는, 더도 덜도 말고
생존에 꼭 필요한 물기만 빨아올린다
나무는, 고요히 바람 잔 날이나
가지가 휘는 바람 불 때에도
더도 덜도 말고 생존에 꼭 필요한
공기만 호흡한다

노란 꽃은 노란 꽃 피울 만큼만
호두나무는 호두 알 익힐 만큼만
햇빛을 좇아 몸을 내어 민다

눈을 들면 눈 높이에서
내 혓바닥만 한 나뭇잎들이
내 혓바닥보다 더 자유롭게
바람과 밀어를 나누고 있다

전신으로 삶에 순응하며
나무는 공기와 진정으로 악수한다
나무는 햇살과 진정으로 입 맞춘다
나무는 토양과 진정으로 포옹한다

멀리 또는 가까이에
성자처럼 서 있는
나무

물푸레나무를 찾아서

나는 알지 못해서

물푸레나무를 찾아간다

물푸레나무의 다리 모양새며

잎 색깔, 호흡기 들이

바람이 불면 어떻게 반응하는지

새벽 달빛은 어떻게 받아먹는지

물을 만난 뿌리는 어떻게 입을 벌리는지

흡반은 있으며 있으면 얼마나 큰지

질膣이며 자궁子宮의 깊이 또한 우리네

무한 깊이의 膣이며 子宮만큼 깊지는 않은지

내 무지와 앎의 오차는 몇 프로나 되는지

물푸레나무는 어떻게 그냥 물푸레나무로 서 있는지

나는 알지 못해서 자작나무를 지나

찔레 넝쿨을 뚫고

키 작은 다복솔 옆

오늘도 물푸레나무를 찾아간다

만월滿月

두둥실
달이 뜬다
지구의 밤을 밝히며
내 눈 속을 가만가만 들여다보는
이 세상에서
가장 큰
눈

구름 자화상
- 변시지의 〈고독한 섬〉

그가 그린 구름은 그대로 있다
그대로 있으므로 그 구름은
작품이 되었다

그때 그 바람이 흔들었던 나뭇가지
그때 그 흔들림 그대로 있다
그때 그 흔들림 그대로 있으므로
그 흔들림은 나뭇가지와 더불어
그대로 작품이 되었다

그대로 있음이 작품이 되는
그 바람
그 구름
그 흔들림이
오늘의 내 얼굴이다

없다

*

방바닥엔 머리칼 한 올 없다
서가엔 먼지 한 톨 없다
진종일, 얼굴엔 표정 하나 없다

* *

밖엔 천둥 번개
황사 바람
들달리는 시간
쭉정이를 고르고 있는
체머리 노파

* * *

피다 만 엉겅퀴 꽃 뒤로한 채
꼿꼿한 어깨

미동도 없다

눈동자, 흔들림 없다

문 여닫는 소리

없다

가을 어리빙이 노래

검정개가

달을 보고 짖네

주인이 돌아올 시간이네

오동잎이 떨어져

사르르 눕네

잠 못 든 매미는

밤에도 우네

어디선가 솔잎 사이로

못 고르는 숨소리 들려오네

아무렴 詩

내 친구는
절대, 감히 절대
누구를 억울하게 하거나 손해 보게 하거나 윽박지르며
욕하거나 삿대질하며 메다꽂거나 들떠서 팔팔 뛰거나 뒷전
에서 서성이며 불평하거나

할 사람이 아니다

안 그랬다면 올해도 봄이
이렇듯 정확히 오진 못했으리라
또 안 그랬다면 이쯤에서
동백꽃이 붉게 붉게
다투어 피진 못했으리라

아무렴, 그렇고말고……

판타지아 · 2

내가 있어서
사월은 온다
오뉴월
칠팔월
구시월도 온다
나 없으면 어디 바람인들
꿈인들
미루나무 나뭇가지 하나인들
흔들릴까
나 있음에 당신 아름답고
믿고
슬프고
십일월이 오다가 느닷없이
당신이 보이는 삼월이 오기도 한다
나 있음에 숲은 즐겁고

망아지가 마침내 말로 뛰면서
몽정 같은 이월을 지나
기인 십이월을 찾아가는 것이다 오늘도
내가 있음에 또 일월이 와서
고개를 들고

개안開眼

하늘이 유난스레 높고 푸른 날이었다
물레방앗간에서 밀방아를 찧고
밀가루와 밀겨울 부대를 지고 앞서 가시던 아버지
뒤를 따라가면서였다

'아버지 대가리에 검불 붙었네'

묵묵히, 정확하게 땅을 밟으며 앞서가시던 아버지
말씀하셨다

'어른께는 대가리라 않고 머리라고 한단다'

다람쥐처럼 들까불던 내 가슴에
'머리'란 말이 와서 콱 박혔다

똥 오줌 외에 대소변이 따로 있음을
부엌 외에 수라간이 따로 있음을
이빠디 외에 치아란 말이 따로 있음을
글 외에 산문과 운문이 따로 있음을
사람 외에 천격과 귀골이 따로 있음을
따로 있는 것들 외에 따로 있는 것들의 뭉치들

하늘이 유난스레 높고 푸르던 날 아버지
검불과 대가리와 머리 사이에서
심 봉사 번쩍 눈을 뜨듯
따로의 영역이 따로 있음에
개벽하듯 따로이 눈을 떴다

아내의 얼굴

달님 나라의 옥토끼는
이제 늙었지만
내 눈 속의 옥토끼는
옥토끼를 처음 본
그대로 있다
그대로 있다

눈보라

누나는 어제
눈보라에 갇혀
못 왔습니다
삼촌도 당숙도 내 작은 희망도
눈보라에 갇혀
못 왔습니다
오늘도 지상은 온통 눈보라
회양목 늙은 가지가 무거워 합니다
어지러운 창밖
내일도 모레도 눈보라 징후를
허리 다리 무릎 관절들이
외치고 있습니다
내 작은 기쁨과 재미 들도
꼼짝 못합니다 어느새
주변은 꼼짝 못하는 것들로

가득 차고 있습니다

시인詩人의 마을

시인의 마을
동쪽

해와 달이 뜨는 곳

눈이 내리면 흰 눈 소복이 쌓여
사람과 신선 들 발자국
멧새며 산토끼 들 발자국
잠시 쉬고 가는 구름이며 바람 들 발자국
선연히 찍히는 곳

내 작은 혀가
네 마음으로 가는 길을 뚫고
낮은 음성으로 피를 맑히며
저녁을 접어서 책갈피에 끼울 때

바보 귀뚜리가 또 분별없이 운다

나 대신 화장실에 갔던 친구는

큰 것을 보고 왔는지

뒤꼭지에 걸린 베레모가

삐딱하다

오래 걸려서

가벼운 몸을 만들었으나

헐거운 괴춤 틈새로 하염없이

바람이 샌다

시인의 마을

서강, 그 어름

눈이 빛나는 별밤이다

2부

색色* 쓰는 법을 배우는 시간

지금은 색 쓰는 법을 배우는 시간입니다
스승님은 색 섞는 법을 가르쳐 주십니다

분홍에 파랑을 섞으면 무슨 색?

이 색과 저 색은 연분이 깊지요

무슨 색을 잘 쓰십니까

행복이란 관념 위에 빨강을 칠하면?

색을 쓰는 방법은 다양합니다
피 냄새가 나는 색도 만들 수 있어요
색의 세계는 참 오묘하고 신비롭지요
제 색 찾기가 열반涅槃에 들기보다 어렵답니다

이질적인 색들을 섞어 보십시오

묻지만 마시고, 그래요

그래요 그 색과 그 색을 섞으면

연분홍이 나오지요

곰취나무 노란 꽃은

흑장미와 잘 어울립니다

* 〈색色을 쓰는 법을 배우는 시간〉, 언뜻 고개를 갸우뚱할 詩題다. 색 쓰는 법을 배
우다니! 물론 이것은 일차원적인 인식에서 오는 선입관이다.
색(色, color)은 일상생활에서 흔히 쓰는 말이나, 쓰임에 따라 아주 다양한 질감을
지닌다. 사전에는 '빛을 흡수하고 반사하는 결과로 나타나는 사물의 밝고 어두움
이나 빨강, 파랑, 노랑 따위의 물리적 현상. 또는 그것을 나타내는 물감 따위의 안
료.'라 되어 있다. 현상으로는 색을 입히면 모양이 드러나고 색을 걷으면 모양이
사라신다. 말과 마음의 색깔도 그렇다. 色卽是空 空卽是色.

쑥개떡 이야기

아낙이 때맞춰 그래도 새참이라고
하지감자 으깨어 감자떡 소쿠리에 담아
막걸리 주전자 곁들여 서방 일터로 내왔다

어서 이것 좀 자시고
잠깐 쉬드라고 잉—

소쿠리 언덕 편한 자리에 내려놓고
돌과 돌 사이 다리를 벌려 걸쳐 앉으매
속곳 마련 어려웠던 시절
맨 허벅지 깊이까지 들여다보였다

서방 막걸리 잔 내려놓고 히죽 웃으며

쑥 넣었으면 좋겠구먼시리—

투박하게 내뱉자, 그 아낙 냉큼 받아

쑥 넣었으믄 좋겠다고라
그라믄 쑥 좀 뜯으야 쓰것지라 잉-

서방 입 쓱 닦으며
다시 한 번 눈자위 모으니

왕매미들 불볕에 흐벅지게 울음을 쏟아 놓는다

단순한 의자

단순한 의자 한 틀이 언제나
그 자리에 놓여 홀로이
낡아 가고 있습니다
드난살이 중 고단한 귀로의 한때
무거운 엉덩이 내려놓고 등받이에
고개 뒤로 떨구고 오래오래
잠이라도 들고 싶었지만
제일로, 몸 부려 한가로이 눈 붙일 여가 없었고
먹은 것 없이 헛배 불러 과체중에
삭지 않은 번민과 잡념으로 머리통 무거워
주저앉으면 사개 뒤틀려 그대로 바스라질 듯
내 자리 아니노라 자주 비켜 갔더니,
그래도 안쓰러워 단순한 의자
언제쯤 앉아 볼까 가늠하면서
오늘 또 고단한 귀로의 한때

무거운 엉덩이, 머리통 흔들며

허적허적 비켜 갑니다

비켜 갑니다

문득 만난 얼굴

사진 한 장 바람에 날아와

발등에 사르락 얹혀진다

허리를 굽혀 무게도 없는 사진을 집어 든다

누가 누구를 찍은 이 사진은 누구일까

세상에 널리 알려진 얼굴은 아니라서

혼자 뒹굴면 아무도 모를

아직 세월에 누렇게 바래기 전

이 분명한 윤곽의 사진은 누구일까

누구의 아들 누구의 남편 누구의 아버지인지

이목구비가 너무나 선명한

인생의 여유를 알 만한 나이의

시선을 하늘 쪽에 둔

이 사진의 주인은 누구일까

오래 쌓은 우정이 불러서

종로에서 광화문통으로 발길을 옮기는 중

낙엽도 다 쓸린 일모日暮의 때

초겨울 시린 바람에 낙엽처럼 굴러 내 발등에 얹힌

명함판보다는 조금 더 큰 사진 속

문득 만난 이 얼굴은

이쁜 바람 부는 곳

집값이 뛰는 곳에서 또 물러났다
까치 떼가 떼지어 우짖는
변두리 먼 산자락 밑
밤 별빛이 곱절로 반짝이는 곳이다
야호 외치면 산 메아리 다가들고
땅깨비랑 버마재비가 억새풀 속으로 뛰어드는 곳
승냥이 울음소리가 먼 바람결에 실려 오기도 한다
안개 걷히며, 벌나비 떼 춤사위가 어지러운 날엔
쑥을 뜯어 말려서 쑥 향기를 맡는다

코밑이 쌩 싱그럽게
이쁜 바람 부는 곳
술 한 동이 차고 오는
벗이 또 그리운 곳이다

이쁜 바람 꽃
– 사투리가 그리운

이 사람아,

손 호호 불며 먼 길 왔으면

따끈한 국 한 그릇, 아니 그런가

신발 벗기도 전에 몸 돌려

또 먼 길 가려 하는가

신세 지고 갚고는 일상사日常事지만,

손잡아 녹일 사이도 없이

길 돌려 잡으면, 그 굽은 등 아삼삼

눈에 밟혀 눈뜬 밤 자지러지는

부엉이 울음 어쩌란 말인가

내일이 기약 없는 세월 앞에서

사투리가 그리운 어느 날 또

만나겠는가, 우리

이 사람아

가파도 별곡別曲

자정 너머 읽다가 덮어 둔
연애 소설처럼
다시 또 펼쳐 읽고 싶은
장편 순정 소설처럼
다시 또 가고 싶은
가파도

푸른 숲
푸른 물결 속에
맨발로 숨어 있던 바람이
달려와 내 의식을 새로이 흔들어 깨우던
가파도

초원 너머 꽃구름 사이를
모슬포 뱃고동 소리 따라

갈매기 날고
태왁을 당기며 해녀들 퓨우우 퓨우우
숨 고르는 소리

하동마을 할망당이랑
성게 전복죽에 굴국 홍해삼이랑
쑥부쟁이 풀꽃이랑
가파도 명물, 함박웃음이랑……

묘한 이치理致

한 농부 밭에서 큰 무우 캐었네 아침 햇빛에 방글 웃는 동자童子만 한 무우 이 농부 원님 은혜라 여겨 감사의 마음으로 무우 바쳤네 원님 선한 농부 마음 알아 창고에서 가장 귀한 것 뭐냐 예, 커다란 황소 있사옵니다 오오 그 황소 이 착한 농부에게 상으로 내려라 그 농부 큰 황소 끄을고 기뻐 집에 돌아왔네

옆옆 농부 소문 듣고 큰 황소 바치면 금은보화 내리리 무우 바쳐 황소라 상품 비교해 보아 황소 바쳐 먹기와 큰 집 떼어 놓은 당상이라 발걸음 가볍게 황소 바쳤네 원님 가라사대 창고 안에 귀한 것 무우엇 있느냐 예, 커다란 무우 있사옵니다 그래 그럼 그 무우 이 농부에게 상으로 내려라 옆옆 농부 무우 메고 무우거운 발걸음 집에 돌아와 비인 황소 우리 안에 던져 버렸네

어어 괘씸한, 누구는 무우 바쳐 황소 얻고 누구는 황소 바쳐 무우 얻는단 말가, 참참 묘한 이치로다 옆옆 농부 마른 방바닥 내리치며 마른 한숨 지었네

국면 局面

　포가 마를 넘어 차를 잡아먹는다 마와 상 길을 찾는 중에
병이 치받는다 망설이던 끝에 꿍 궁을 돌려놓는다 담배 한
대를 꼬나문다 사르르 안개처럼, 어쩌면 내 의식처럼 피어
오르는 연기, 몽롱하다 어어 하는 사이에 또 포가 병을 넘
어 사를 밀어붙인다 불알 한쪽이 떨어져 나간 궁, 기우뚱
무릎 관절 한쪽이 무너져 내린다 멀리서 상이 눈을 부릅뜨
고 또 사를 넘본다 마차병상 모오두 스크럼을 짜고 파도처
럼 밀려온다 숨어 있던 포가 다시 우루루루 곡사포를 쏘아
온다 심복으로 내세웠던 면상이 뚝 떨어져 나간다 수족처
럼 따르던 마포상차 모두 외짝들로 남았다 와중에도 졸이
세 개나 남아 한 발짝도 물러설 수 없는 길을 가면서 신명
을 바쳐 앞으로 돌진, 활로를 연다 그래, 외통수를 봐? 상
대의 방심은 최대의 내 작전, 그러나 좀처럼 허점이 보이지
않는다 궁은 정중앙에 발기한 남근처럼 튼튼하다 초읽기에
몰리며 가부좌를 푼다 다시 담배를 물고 불을 댕긴다 자만

일까, 동정일까, 연민일까, 작전일까, 혹은 착각일까 상 길
에 차를 들이민다 뜸을 들였다가 제꺽 낚아챈다 완벽은 신
의 것, 안광이 지배를 철하듯 뚫어져라 국면을 보니 오호
라, 무릎을 친다 사슴같이 뛸 상 길이 보인다 뒤따라 달릴
수 있는 말, 왼쪽 어깨쯤으로 졸 하나를 튼다 막판이라 여
겼는지? 가볍게 궁을 들었다 놓더니 양 사 사이에 끼워 놓
는다 상을 옮기고 차로 밀어붙이고 말이 달려드니 쿵 심장
이 잠시 멎는 듯, 눈시울 크게 뜬다 상으로 뚝딱 불알 한쪽
을 떼어 냈다 말을 몰고 차를 달리니 우루루 졸들이 앞질러
사기충천!

풍악을 울리고 징소리 길다
박수 치는 소리가 먼 메아리 같이
아득하다

소품 小品

남자는 체중의 삼분의 이가

남근 무게다

나머지 조금이 늑골

나머지 조금이 뇌

나머지 조금이 내장

나머지 조금이 머리칼과 손톱

그리고 조금이 땀

그리고 조금이 피

그리고 조금이 털과 살가죽이다

항상 무언가의 중심에 입질하는

입질하여 우주를 채우는

그 물건의 무게를 잴 만한

저울은 없다

국밥 집 소슬댁

어이구, 닭살이야

소슬댁이 문을 밀고 들어오며 너스레다

웬 입술을 그리 빨갛게

손톱 발톱을 그리 빨갛게

눈 속까지도 그리 빨갛게 칠했느냐고

저 환장한 년 또 누굴 후리려고 저러느냐고

자작자작 흐르는 개울을 건너면서도

가끔 치맛자락을 허벅지까지 들어 올린다고

어쩌다 사내라도 하나 지나가면

엉덩짝 요분질이 가관이라고

맞장구치는 사람 하나 없는데도

앞가슴 벌름벌름 혼자 웃다가

부부 싸움 끝 마당을 또 요렇게

너스레로 화악 풀고 간다

우리 동네 국밥 집

소슬댁

우물이 있는 풍경

1

은행나무와 버드나무와 개량종 곰솔들과
큰꽃으아리 덩굴에 둘러싸인
산부인과 병동
배부른 임산부 두엇 드나든 뒤
진종일 햇살이 큰으아리꽃 둘레만 맴돌고 있다
나이 든 간호사가 하품을 가리며
화장실 쪽으로 가고 있다

2

길 건너 십자로 모퉁이 돌아
측백나무 길 끝 정신과 병동
노랑머리 빨강머리 높은 코 낮은 코
경상도 전라도 충청도 억센 니북 사투리
베레모 빼딱이 눌러쓴 구레나룻 신사와

입김 콧김 개방귀 냄새와 먼지들
향나무 매운 향기와 뒤섞여
입원실 구하기가 하늘의
별 따기라고

3
어제도 올랐던 산기슭에는
토끼 똥이 군데군데 깔려 있었고
땡감나무엔 땡감들 매달릴 눈촉이 자부룩 돋아 있었고
찔레꽃 철쭉꽃들이 만발해 있었다

팅, 코를 푸는 마을에서

엄지와 검지로 코를 쥐고
팅, 코를 푸는 마을에선
엄지와 검지로 코를 쥐고
팅, 코를 풀며 살아야 한다

일찍 일어난 참새와 비둘기 들
들판을 누비며 풀씨랑 알곡이랑
부스러기 햇살과 흙의 향기 들
종종종 종종종 쪼아 올리고

콩꼬투리에선 콩들이 알몸으로 통통 튀어나오는
팅, 코를 푸는 마을에선 팅
코를 풀며 살아야 한다
달팽이가 집 한 채 등에 지고
언뜻 이사 와 터 잡는 마을

변화는 구름처럼 아름답지만

때로는 알주먹으로 양쪽 콧구멍 번갈아 누르며

퉁퉁, 코를 푸는 마을에선

퉁퉁, 코를 풀며 살아야 한다

비록 연분홍 화장지는 구경 못하지만

세한도 매운 추위도 퉁퉁

코를 풀며 이겨 내는

퉁퉁, 코를 풀며 사는 마을에선

아무도 없는 방

아무도 없는 방에
아무도 오지 않는다

아무도 없는 방에
방만 있다

닫혀 있는 문은
오래 닫혀 있고

고요가 와서
혼자 늙는다

신록

당신을 품에 품기 위하여
천둥 번개가 필요한 것은 아니다
오늘 아침 햇빛은
세상에 태어나
처음 보는 햇빛이다
당신의 눈빛 또한 이제 막
세상에서 처음 보는 눈빛이다

무제無題

어려서 못 움직이는 것과
늙어서 못 움직이는 거리 사이에
인생이 있다

그림자 연구^{研究}

1

나는 내 그림자의 폭과 깊이를 알지 못한다
어느 때 어떻게 서녘 하늘에 무지개를 띄울 수 있는지
그 그림자에 어떤 영욕의 빛을 더 섞어 넣을 수 있는지
그림자는 왜 흙빛 단색인지
아무리 높은 빌딩을 짓고
고매한 말씀으로 바다를 건널지라도
한 마리의 양의 그림자와 별다른
색깔을 지닐 수 없는지

2

그림자는 언제나 늙지 않고
다만 빛이 기울면 사라질 뿐
타지 않으므로 재도 비명^{碑銘}도 없다
제 몫의 기쁨과 그리움의 갈피들

그 형형색색의 빛깔들을 드러내지 못하고
앞서거니 뒤서거니 더불어만 있는
홀로이 무슨 모양새를 짓거나 부술 수 없이
비켜 섰거나 누워만 있는
허기사 참말로 외로운 것을
그림자, 제 주인인들 알기나 하랴

3
오늘의 내 그림자는 핏빛 울음이거나
호곡 같은 절규
점액질의 폐유 빛일진대, 그럼에도
그림자는 그냥 그림자일 뿐
내 이름을 아무개라 밝히지 못한다
지금 나는 깨금발로 손을 뻗쳐
전등 스위치를 비틀어 켠다

그래, 무게 없는 흙빛 단색의 그림자 데불고

타박타박 낙타 걸음 뽄새로

누구의 길도 아닌 우리의 길을 간다

정령精靈과 만나다

잠깐, 이 숲에 이르러
목숨을 같이한다
들숨과 날숨을 서로
주고받는다

내 날숨 한 자락 끝에서
굴참나무 이파리 하늘거리고
굴참나무 이파리 하늘거림 끝에서
참새목의 흰눈썹황금새 자웅 한 쌍
포르르 날며 피유 피유 찌리리
피유 피유 치치칫
운다, 그 울음의 파장 끝에서
내 심장은 뛴다

깊은 산에 들수록

풍경 소리 가깝고
계곡 물소리 무동 태우며
격류를 뚫고 도약하는 열목어
산란의 아픔과 희열을
물안개가 구름처럼 피어올라, 감싼다

숲에 깊이 들면 나무가 새삼 돋아 보이고
땅강아지와 딱따구리와 옹달샘과
오솔길이 새로 보이고
깊이 숨쉬는 산의 정령과 만난다
물아일체物我一體, 내 영혼의
참 속살과 거듭 만난다

숲에 들면 언제나

뿌리에 대하여

1
바람만 먹고도 배가 부른
항아리를 놓고 우리는
무엇으로 채울까 고민한다

2
슈샤인 보이
얼은 볼
빨간 볼
푸르뎅뎅
칼바람이 그은
실금 투성이 손등
퀭한 눈
마른 어깨
걷어차이던 구두통

삭풍이 눈을 찔러

할딱이는 가슴

3

뭔가를 읽다 말고 손주 녀석

양갈보가 뭐야?

양동이란 곳도 있어?

꿀꿀이죽은 뭘로 끓여?

애들에게도 멕였어?

양코배기가 미군이야 로스케야?

일본군 위안부는 간호사로 간 거야?

왜놈 위에 왜놈 없고 왜놈 밑에 왜놈 없다는 무슨 말이

야?

4

우리 손주 녀석
몰라도 되는 것을 알려고 하나
알면 나만큼 기막힐까
'땅이 깊어야 뿌리가 깊은 법이다' 하니
눈을 치켜뜨며 뭔가 말하려다가
혼자 꿍얼꿍얼
그런다

그대 잠은 깊은가

무슨, 무슨 무슨 소리들 얽힌 사이로

소쩍새가 운다

달이 떴다

구름이 빠른 걸음으로 내달린다

거짓말처럼 어디론가 기차가 한 대 휙 지나간 뒤

소리가 소리를 재워 사위가 우주처럼 고요하다

세상 끝을 닿는 이 적막을

소쩍새가 운다

달이 기운다

그대, 잠은

깊은가

잠

1

나는 내 잠을 판 적이 없는데
그는 내 잠을 샀다고 우긴다
그가 살을 벗고 자는 잠 옆에서
나는 잠을 잃고 누워 있다
시계 소리가
낙엽 지는 소리가
이렇게도 귀 아프게 큰 것이었던가,
천만군의 말발굽 소리로
꽃이 이울고
검은 새들이 날아와
꽃씨를 쪼아 먹는다

2

당달봉사여, 그대의 눈 속은 어둡고

심해深海처럼 고요하다

그대의 눈 속을 나르는

일천 마리의 까마귀 떼

쪼아 먹힌 일천 개의 꽃씨들이

잠들고 있다

아아, 까맣게 타고 있는

일천 개의 내

의식의 잠이여

3부

마른 번개

벼락은 눈이 없다
벼락은 귀가 없다
그 절대의 감각
한 줄기 섬광과 함께
죄의 복판을 내리찍는다

검정 고무신

짚신 나막신 게다짝 다음으로
댓돌 위에 놓였던 신발이다

신발 코 위로 먹구름과
사다리비행기와 비이십구
머리통이 무거운 잠자리비행기가
날아다녔다, 동지섣달의
눈보라가 흩날렸다

배고픈 봄날
들녘을 헤맬 때
패랭이꽃이나 아그배꽃잎이
밟히기도 하였다

어린 마음에도 차마 아쉬워

엿가락 단맛도 용케 참으며
닳아질까 거듭 안쓰러워
벗어 들고 맨발로 뛰었던 신발

박물관 귀퉁이 한 자리도 차지하지 못하지만
오오, 반가워라
검정 고무신

어떤 동행^{同行}

언뜻 고희는 넘겼다 싶은 노인이

건너편 앞자리에 앉는다

챙이 좁다란 카키색 중절모를 썼다

모자 띠엔 알록달록 장끼 깃털 한 촉이 꽂혀 있다

살포시 눈이 마주쳤다

고아한 품격이 고여 있는 눈이다

손자에게 사다 주는 것일까

어쩌면, 스스로 독파하여 성공하고자 함일까

문고본, 약 2센티 두께의 책

'말 잘해야 성공한다' 진보랏빛 고딕체 표제다

3분의 2쯤 읽으신 듯

읽은 곳이 더 두꺼운 곳에서 갈피를 연다

잠시 책을 덮더니

오른손으로 무릎 언저리를 착착착 친다

곡조가 일정하다

다시 언뜻 넘겨다보는 눈이 우물처럼 깊다
눈이 마주치자 입가에 살풋 웃음,
독바위역에서 내리신다
잠시 잠깐의 즐거운 同行,
모쪼록 말씀 잘하셔서 성공하시기를,
더하여 손자에게 자애로이 전수하시기를,
여백이 있어 보이는 노인의 발걸음이
참 가벼우시다, 참

바위섬

만조 때엔 꼴깍
물이 삼킨다

〈바다의 목구멍은 깊기도 해〉

가끔은 정수리가
찌처럼 간당간당
드러날 때도 있다

선홍빛 저녁놀에 조마조마 잠기는 바위섬,
아득히 물여울 반짝일 때
섬이 거기 있었다는 게 거짓말 같다

마치 누대 전 조상
이야기처럼

연꽃 서정抒情

부여 궁남지에
연꽃이 활짝 피었다

얼마나 오래오래 참아온 기다림이냐

때와 찌꺼기는 모두 아래에 묻고
서동의 참사랑만 자아올려 오늘 또
활짝활짝 연꽃으로 피는구나

연꽃 핀 자리에선
연꽃 핀 생각만 하자

연꽃의, 저 깊고 오묘한 말씀을 듣기 위해서는
눈과 입술로 다가가서는 아니 된다
설렘을 침묵으로 재우고 난 뒤

자정같이 고요한 마음으로 다가가야 한다

한 줄기 섬광처럼 오는 법열法悅이여

캄캄한 밤엔 꽃술에 꽃등을 켜고
달보다 앞서 오는 꽃

연꽃들은 한 송이 한 송이
낯을 붉히며 피어 있지만
궁남지 연꽃들은 온통
궁남지를 한 송이 하늘만큼 큰
연꽃 송이로 보이게 한다
궁남지는 그대로 온통 연꽃 마음이다

물 위에 뜬 푸른 잎새마저 꽃다운

꽃잎으로 알고 잠자리와 나비가
연잎 위에 앉는다
미소 같은 살랑바람이 분다

지나가는 사람들의 크고 작은 키들이
실루엣으로 뜬다
마음 두고 가는 사람의
비웠다 채워지는 이 짝 친 마음
꽃의 향기가 부여 뜰에 가득하다

오늘 핀 꽃들은
내일 또 필 약속이다

부여 궁남지에 연꽃들이 활짝활짝 피었다

연꽃 핀 자리에선
연꽃 생각만 하자

한 줄기 섬광처럼 오는 법열이여

초의 선사^{草衣禪師}의 말씀

조치골 외돌목에서
초의 선사를 만났다
소쩍새 우는 칠월 해거름
돌들의 체온이 식어 들 무렵
괴춤을 내리고 마악 오줌을 누려는 찰나
둥두렷 보름달처럼 떠오르는 돌 한 덩이

염주 알을 굴리며 자선 중이던 초의 선사
깜짝 반기며 손을 모으는 나를 향하여
입가장귀 살짝 미소 머금으셨다
흰 눈썹이 잔바람에 하르르
잔물결처럼 반짝였다

다도^{茶道}는 좀 익혔느냐고
제일로 추사^{秋史}와 다산^{茶山}이 보고 싶다고

철이 덜 든 사람들이 너무 많아

세상이 너무 시끄럽다고

뜬금없이 시선詩仙 공초空超의 안부 물으시면서

시는 말에서 절을 찾는 일일진대

돌이 시와 부처가 되는 길은 좀 아시느냐고

염주 알 굴리던 손을 들어 이윽히

내 어깨를 토닥이셨다

立春散調

마음의 골목길에 해가 뜬다
밤새 잠 잘 잔 마을들의
앞자락이 환해진다
느닷없이처럼 조롱박새가
이슬 묻은 부리를 털며 날아오른다
꼬마 새끼 돼지 젖 빠는 소리
올챙이 꼬리가 지구를 박차는 소리
도레미 레미솔 단음으로 흐르는
도랑물 소리, 소리 속으로
딸랑가방을 메고 뛰어가는 아이들,
다리 건너 멀리 학교 유리창에
아침 햇살이 촤르르
촤르르 잔물결처럼 일렁인다
똬리를 풀고 대지의 子宮 밖으로
기어나오는 뱀들, 간지러워

솜털 보스스 일으키며 까르르
웃는 버들강아지, 엉덩짝을 흔들며
말이 하늘 높이 히히힝 운다
진달래꽃 빛으로 물든 구름이
푸른 하늘 언덕을 넘어오고 있다

얼쑤얼쑤 調로 엮어 돼지쥐똥나무를 노래함

　　돼지쥐똥나무에 돼지쥐똥나무 잎이 피고 돼지쥐똥나무
꽃망울이 벙글며 돼지쥐똥나무 자줏빛 꽃이 피었다 화판이
열 개 노오란 꽃술 수십수억 송이 돼지쥐똥나무 꽃 자줏빛
꽃밭

　　돼지쥐똥나무 자줏빛 꽃밭에 자줏빛 꽃들이 이울면서 돼
지쥐똥나무 럭비공 모양의 돼지쥐똥나무 수백수천 개의 푸
른 열매들이 참말로 돼지쥐똥나무 푸른 열매로 햇살을 받
아 빛나고 있다 햇살을 받아 빛나면서 가을의 깊이만큼 익
고 있다 올해에도 가을의 깊이만큼 익고 있는 돼지쥐똥나
무 열매들은 참 신용 있게 돼지쥐똥나무 열매로 여물고 있
다

　〈하늘 궁창도 익으면
　밤처럼 까아망이 되던가〉

돼지쥐똥나무 푸른 열매들은 일 밀리의 일천만 분의 일 밀리의 오차도 없이 서로서로 몸 부비며 돼지쥐똥나무 열매로 익고 있다 익으면서 점점 밤처럼 까아망이 되어 가는 돼지쥐똥나무 열매들은 작은 쥐의 작은 귀만 한 이파리들 사이사이로 가을의 깊이만큼 익어서 까아맣게 여문 돼지쥐똥나무 쥐눈이콩만 한 열매들

〈푸르름이 익어서
까아망이 되는 한 과정을
한 세월이라 하던가〉

민들레는 민들레

미소 같은 바람이 분다

발그레, 볼을 붉히는 바람이다

시르렁, 민들레꽃

벙그는 소리 들린다

입만 달싹이는 그런 개화開花

그런 벙긂 아니고

오래 견뎌 온 역정의 발현

가는 목이 흔들리며 솟구친

꽃대궁이다

하늘에서 가장 멀고 낮은 땅

작은 언덕 위

깜짝 놀라 바라보는 눈동자 크기의

오오, 민들레는 민들레

끝까지

노오란 말씀이다

가을 한 날

아낙이 콩콩콩
방아를 찧고 있다

귀퉁이가 떨어져 나간 확독*이
주름투성이다

외양간에 소똥이 쌓여 있고
바람이 쌓여 있고
구유엔 여물 찌꺼기가 조금 남아 있다
구유 주변의 파리들 날아나는 소리가
많이도 약해져 있다

맴돌며 날아가는 잠자리를 따라
장난하듯 삽살개가 뱅뱅뱅
돌고 있다

꼬리가 살랑바람을 탄다

하나님 계신 하늘이
참 맑고 푸르다

* 돌절구

멧새

석양이 스며드는 머리 위를
멧새 한 쌍이 날아간다

하늘엔 아무 흔적도 없다

새가 스치듯 날아간 내 머리는
한동안 검은 머리였으나
석양이 스며들고 스며들고 스며드는 사이
어느덧 뭉게구름처럼 하얀 머리가 되었다

하얀 머리 위를
멧새 한 쌍이 날아간다

하늘엔 아무 흔적도 없다

흰 머리 위를 꿈결처럼 날아간 멧새

검은 머리 위를 날았던 새들일까

새끼들일까

성긴 눈발 사이로

갈대숲에서 철새 떼가 날아올랐다
작은 굴뚝새 같은 새가
흐린 하늘
어디로 날아갈 수 있을지

눈발이 흩날리기 시작하였다
가도 가도 푸른 하늘은 보이지 않았다
맷방석만 한 호수가 꽁꽁
얼어 있었다

굴뚝새 같은 작은 새가
흐린 하늘, 어디로 날아갈 수 있을지
목이 긴 십자가
성긴 눈발 사이로
철새 떼가 날아올랐다

우리들의 방

아늑한 방 안에 들어와 있다

사루비아와 장미꽃이 표연히 꽂혀 있다

꽃과 꽃이 서로 당기며 향기를 섞는다

살아 있으니 시끄럽고 아프고 시름겹지만

꽃은 소리 지르며 피지 않는다

가벼운 움직임에도 침대가 상큼한 소리를 낸다

공기 청정기가 나무처럼 소리 없이 전력으로 숨 쉰다

금방 감은 머리칼 냄새

액자 속엔, 달리던 기차가 잠시 멎고 꿈 보따리를 내려놓
는 그림,

삐비꽃을 물고 여인이 춤추듯 뛰어 오는 그림,

어린양을 안고 지팡이를 든 채 양 떼를 거느린 맨발의 예
수님 그림,

버튼을 눌러 구스타프 말러를 불러 온다

강가에 앉아 풀피리를 부는 기분이다

어머니 목소리로 누가 내 이름을 부른다
손을 잡아 봐요, 따뜻하고 투박한 손
마음이 수심水深처럼 고요해진다, 무릎 꿇고
기도를 드리고 싶다, 우리들의 방에
저 무량無量의 빛!

좋은 그릇은

좋은 그릇은
시간을 입힐수록
견고해지고 빛이 난다

눈짓만 해도
속 찬 소리를 낸다

풋감을 담았을 때나
조홍 감을 담았을 때나
한결같이 품안엣것을
감싼다

남실남실
물을 담았더니
노크도 없이 만월滿月이

들어와 앉는다

푸르름은 우성優性이다

소나무는 늘푸른나무입니다
늘푸른 그 푸르름이 좋아서
소나무 숲에는
천년학이 깃들고

측백나무도 늘푸른나무입니다
늘푸른 그 푸르름으로 측백나무는
간이역을 지키고
외롭고 쓸쓸한 곳을 향하여 달리는
외롭고 쓸쓸한 기차의
꼬리께를 찬찬히 바라봅니다
바라보는 그 눈길 속에
눈이 내리고
기적 소리가 스며듭니다
그 눈과 기적 소리가

늘푸른 측백나무의
늘푸른 색깔이 됩니다

천년학의 긴 울음소리가
늘푸른 소나무의
늘푸른 색깔이 되듯이,

나는 그 늘푸른 색깔을 좋아하는 애인과
늘 같이 삽니다

실존 감성實存感性

몸의 신경과 근육과 세포 들이 모두 노화되어서
입은 자동으로 오물거리고
눈꼬리도 자동으로 가늘게 떨리고
정신도 어딘가를 자동으로 넘나들어 가수 상태인

가는귀 잡수신 우리 엄니는
낙엽 한 장 사르락 발등에 얹히자
벌써 귀뚜리 소리 요란하구나
개골창 물소리가 엄청 맑아졌어
하신다

작업作業

하얀 바탕에 하얀 꽃을 그려 넣은 그림
파아란 바탕에 파아랑 꽃을 그려 넣은 그림
황토색 바탕에 황토색 꽃을 그려 넣은 그림

하얀 구름 아래로 하얀 눈이 내리고
하얀 눈 위에 다시 하얀 눈이 쌓이고
쌓인 눈 위에 다시 하얀 눈이 덮이는

내 코허리 근처
발목께쯤
얼룩 강아지 한 마리 그려 넣고

깊고 그윽한 웃음

북한산 산비알 톺아
족두리봉에 오르는 길이었습니다
장군봉 어필봉 촛대바위 입암立岩 들
계곡이 깊을수록 하늘 까마득 바위들이 솟아
그 위용만으로도 엄숙한 장관이었으나
바위마다 그 허리께나 정수리 위에 소나무며
단풍나무 들을 키우고 있었습니다
나무마다 웃자란 나무는 하나도 없고
둥치는 비루먹은 듯 외틀어지고 잦아져
박복한 늙은네 거렁뱅이 같았습니다
다만, 이파리들은 보란 듯이
푸르고 붉었습니다

숨차하며 오르던 여류 김 시인

'오오, 저 나무들 불쌍도 해라

먼지가 모여서 이루어진 한 주먹 박토에

언제 어떻게 씨앗 움터 저리 자라난 건지

목이 타는 여름 갈증, 겨울 복판의 추위는 어찌 견뎌 왔
는지

내 넓고 깊고 부드러운 가슴에 뿌릴 내렸더라면

오오, 가엽고 아름다운 저 나무들' 하면서

'하긴 풍성한 곳에는 고고함이 없지'

하였습니다

산비알 오르며 더욱 눈여겨보았습니다

오래 오오래 더불어 묵어 곰삭은 삶이 거기 있었고

생존과 성장의 하늘 법칙이 거기 있었습니다

바위와 나무와 주변과의 내밀한 융합들을

햇빛인지 아지랑이인지 투명한 어떤 기운이 감싸는 듯

가만히 아롱이며 맴도는 모습이 보였습니다

마치 깊고 그윽한 웃음만 같았습니다

말을 몰며
−명마전名馬傳

이랴,

말을 몬다

이랴 소리 한 마디에

말은 달린다

옆구리를 차지 않아도

이랴 소리의 강약을 말은

구분하여 달린다

말은 달릴 수 있는 길의 고저장단

견고堅固 여부를 안다

말이 땅을 차면

땅이 울리고

말굽이 허공중에 떠 있음에도

말발굽 소리가 메아리로 뜬다

말은 푸른 초장을 달릴 때

제일로 신이 나는 듯

히히힝 콧소리 높다

말은 길을 믿고 달릴 때

제일로 몸이 가볍다, 갈 길을 가게 하는

주인을 믿기 때문이다

성산봉에 이르는 길이 환하다

한라산 정상이 보이자
오랜 속병이 확 뚫렸다

오랜
오오랜
세월 동안, 화산회토 부박한 땅
거친 바람과 물결을 일구며
거듭된 영고와 성쇠

그러기에 인고의 세월은 오히려
강인한 힘을 키워
길길이 뛰는 파도의 멱살을 다잡았고
돌멩이와 더불어 날아가는 씨알들을
말발굽으로 밟아 싹을 틔웠다
잠을 쪼개어 뭍과 바다를 넘나들었고

없는 일도 찾아서 생존을 캐내었다
일상日常이 곧 노동이었다

피땀 없는 성공의 뒤안길 어디 있던가
역설적 환경이 오히려 역동적 자생력을 키워
푸른 초장을 갈기 날리며 말이 달리고
요소마다 빌딩들 우뚝우뚝 키를 재고 있다
이제 일컬어 동양의 진주
세계의 이목耳目이 쏠리고 있다
모슬포 포구에서 뱃고동 소리 창공을 가르자
갈매기 떼 떼지어 자맥질한다
먹이가 있는 곳에 입들이 모이고
입들이 모인 곳에 힘이 솟는다

이 마당에서 나는 무슨 춤을 출까

무엇을 얻고 무엇을 버리려 타고 내리나

바람은 불다 불다 백록담 곁에서 달관에 이르고

제주 특산特産의 땀에 전 말들 '레·갈중이·허벅·구덕·잠

녀·태왁·물옷·오리발·불턱·물질·잠녀굿·지드림·소길마·

애기업게·탕건 망건 겯기……' 어느덧 컴퓨터 속

박물관에 진열되어 있다

콧잔등이 닳고 닳아서

납작코로 내려앉은 돌하루방

오늘도 콧잔등이 은근슬쩍 가려우신지

유채밭 매는 할망* 넘겨보며 웃고 계시다

성산봉에 이르는 길이 환하다

오랜 속병이 확 뚫린다

다시 내일의 일출日出이 보고 싶다

* 尹石山, 〈도두리 노래〉 1절.

4부

아버지의 독서법

아버지는 책에 빠져 무아지경無我地境이십니다

다가가 '아버지' 부르지만

책 속의 글자들이 귀를 꽉 막아서

내 소리는 귓바퀴를 맴돌다 사라지는지

책 속의 글자들이 코를 꽉 막아서

밥 냄새도 콧등을 스치다 흩어지는지

가끔 어깨를 조금 들썩이다, 요지부동이십니다

책장은 손가락이 저절로 가 넘기는 듯 싶습니다

글자들은 몸의 모든 감각들을 마비시키는 듯

장지문 밖의 폭염은 남의 나라 더위인지

나뭇잎 하나 까딱하지 않는 無風 중에도

땀 한 방울 흘리지 않으십니다

잠결에 가끔 '아구구 내 다리야, 무릎이야' 하시면서도

책 앞에서는 여러 시간을 허리가 꼿꼿하십니다

도대체 아버지를 사로잡는 책 속에는

무엇이 들어 있을까요? 한 수레 책을 읽었음에도

두세 시간을 못 버틴 채 나는 응뎅이가 아프고

오금이 저려 절로 오줌 마렵지 마렵지, 자율 신경을 건드

리는

내 책 속의 글자들은 왜 또록또록

내 눈을 자꾸 쏘아볼까요?

어머니의 성경책

쑥개떡을 오물오물 잡수시면서
돋보기를 가끔씩 코허리 위로 밀어 올리시면서
가끔은 어허 쯧쯧 혀를 차시면서
큰 글자 손가락으로 꼭꼭 짚어 읽으시던
우리 엄니 낡은 성경책

오래오래 펼쳐져 있네

모란꽃 꽃잎이 사르르
대지의 입술 위에 내려와 앉는 날

우리 엄니 숨결인 듯
바람이 와서
창세기를 넘기고
시편을 넘기고

아가를 넘기고
히브리서를 넘기네
오오, 지금 막 요한계시록 22장 5절로
안구가 모여지는 순간이네

우리 엄니 손가락에 침 바르며
넘기시던 성경책
오늘 또 바람이 와서 읽네

짓고 또 고친 집

아버지는

마법사도 요술쟁이도 아니지만

우리 집, 반석 위에 잘 짓고

잘 고치신다 집 안팎에선 사계절이 제일로

골고루 빛나며 귀뚜리를 위하여 섬돌을 놓으시고

쥐구멍 멀리 양지 바른 돌담 밑에

고양이 집을 두시었다 우리들의

작고 빛나는 이마를 위하여

문지방은 낮추고 문설주는 높였으며

높낮이를 갖춰서 별별 책들로

서가를 채우셨고 밝으나 눈부시지 않을

햇살을 모아 활자를 돋우셨다

앉은뱅이책상 앞엔 늘상

모란꽃 십자수 무늬의 방석이 놓였다

마당과 길들에 솟은 돌멩이와

유리 조각들을 치우시고 겨울 우물에선
김이 서렸고 여름 우물에선 이 시린
맑은 물이 솟았다 마당 모퉁이에선
그네가 미풍에도 흔들렸고 살강에선
그릇과 그릇들이 몸을 포개며
귓속말들로 반짝였다 깊은 밤엔
땅이 나무의 속살을 당기는 소리에 섞여
가구들의 숨소리가 안개처럼 깔렸다 몸은
집에 맞추고 집은 몸에 맞춰서
한 몸 되이 짓고 고치신, 우리 아버지
우리 집

곱슬머리 새벽별

동그란 눈 속이 하도
검고 깊고 맑아
우리 집 곱슬머리 강아지에게
'새벽별'이라는 이름을 붙여 주었다
언제 어디에서 재롱을 부리다가도
별아 부르면 뽀르르 달려와
가장 기쁘고 즐거운 몸짓으로
손바닥에 뛰어올라 냉큼
귓볼을 핥는다

산을 뽑아 올 욕심이랑
물동이 동이째 퍼마실 갈증이랑
분기탱천, 홧김에 눈알이 튀어나올 듯 부르르 떨다가도
하, 고놈 그 우리 집 강아지 곱슬머리 새벽별
재롱 앞에선

천진天眞 앞에선

그 오체투지五體投地의 재롱과 천진만 돋보인다

동그란 눈 속이 하도

검고 깊고 맑은

우리 집 곱슬머리 강아지

새벽별

어떤 전말서顚末書*

어느 날
서울에서 아들이 내려와 아버지께 청하기를

    일에 낭패를 보아 큰 빚을 졌음에
    갚아 주시면 큰 힘이 되겠습니다
    하였다

아버지가 자세를 바로 하고 옷깃을 여미며

    네가 올해 몇 살이냐
    서른하나입니다
    학벌은
    대졸입니다
    결혼은
    손주 하나 있지 않습니까

그러면, 나이 학벌 결혼 등 성인으로 갖춰야 할 모든 것을 갖췄으매 자기 얼굴은 자기가 지켜야지, 빚진 일이 누구 책임이냐

개미와 벌나비가 빈 몸으로 돌아오는 것 보았느냐

근엄한 아버지의 말씀에 아들은 주먹을 불끈 쥐고 상경한 후 집을 줄이고 차를 팔고 허리를 낮춰 공사판 일이며 우유 배달이며 채소와 과일을 나르고 닥치는 대로 일을 해 악착같이 돈을 모았다 모으고 모았다 근면과 성실과 신용은 일을 불렸고 돈은 새끼에 새끼를 거듭 치게 하였다 마침내 빚 탕감할 정도의 액수가 되매 싸들고 채권가에 내어 놓자 믿을 수 없다는 듯 뜨아한 얼굴들이 뿌옇게

허공에 떴다

낮달 같은 얼굴들,

눈 부리부리한 선배가 와서 손을 잡으며 말했다
됐네, 내 돈 반은 가져가 종잣돈 하게
달란트의 비유 잘 알지? 그래 됐네,
자네를 믿네

밖에 나오자 봄 햇살이
개나리 꽃망울을 부풀리고 있었고
냉이 초록 새순이
흙덩이를 밀어 올리고 있었다

* TV 〈아버지의 교훈〉 일부 변용.

여든여덟 번
-밥상머리 교육

밥 먹자,
아버지께서 상머리에 앉으셨다

밥 한 숟갈 푹 떠서 들어 올리는 순간
삽살개가 앞다리 들고 발딱 일어서며
내 팔꿈치를 툭 쳤다
밥알들이 상 위에 하얗게 흩어졌다
숟갈로 대충대충 긁어모아 버리려 했다

아버지 앞섶 여미며 나직이 하시는 말씀

쌀 한 톨이 제대로 영글어 네 입에 들어오기까지
농군의 손길은 여든여덟 번을 거쳐야 한다
깨끗한 상 위의 밥알이 무에 더러우냐
밥상 발로 차서 뒤엎으면

삼대가 빌어먹는다 하지 않더냐

무연해 눈을 들어 창밖을 보니
청자 빛 하늘이 높게높게 맑게맑게
푸르다

봄꽃 향기
−행간行間 읽기

방귀를 빵 뀌고 멋쩍어 올려다보는

손주 녀석

깊고 큰 보조개랑

잘 여문 머루 빛 눈망울

볼그레한 볼살

차마 할아버지가 뀌었지

핑계 못 대고

떼 못 쓰고

몸을 조금 꼰다

빨간 혀가 잠깐

낼름 비친다

사르르 봄꽃 향기

옹달샘 가

향나무 가지를 스쳐 오는 듯

또 봄날에

오늘 또 봄날에
채송화 꽃이 피었습니다
홑꽃이 아닌
겹꽃 복엽 채송화가 송이송이 피었습니다

어마, 복엽 채송화가 피었네!

늙은 아내는 깜짝 멈춰 서며
오늘 또 채송화들 송이송이 볼 수 있음에 감사하며
고개 숙여 손을 모읍니다

시계 속 매미

시계 속에는
매미가 살고 있다
때만 되면 쓰르람
쓰르람 쓰르람
운다

더위 먹고 잡무에 지친
내 오후의 삶을
나무 그늘인 듯 잠시
네 울음 속에 뉜다

송아지 울음소리가 들려온다
개골창 물소리가 들려온다
토끼풀꽃 하얗게 핀 들판을
종아리에 힘이 붙은 아이들이 뛰어간다

앞질러 달리는 삽살개 꼬리가
똬리처럼 또르르 말려 있다

빌딩 숲 속에서 앙상히
마른 가슴 챙겨 들고 돌아 와
철 대문 밀고 들어설 때
탄탄한 콘크리트 못에 잔등 꿰인 채
우리 집 시계는 쓰르람
쓰르람 쓰르람
운다

우리 집 거위는

키가 큰, 목소리 꺽센
우리 집 거위는 내가
저를 해치지 않을 줄을 안다
저를 지극히 이뻐하는 줄을 안다
드난살이로 지쳐 들어오면
삽살개 '뭉크'보다도 앞서
큰 날개 활짝 펴 날으듯 달려와
양반걸음으로 쉼터까지 인도한다

위풍당당하다

뒤뚱뒤뚱 걸어 꾸지뽕나무 밑에
거침없이 똥을 찍 깔긴다
곰치랑 씀바귀랑 냉이 순들이
화들짝 떤다

우리 집 거위는 내가
저를 지극히 이뻐하는 줄을 안다
이웃집 먹동이보다 참
소통이 잘 되는 친구임을 안다
제일 먼저 일어나
아침 햇살을 물어다 꿱꿱
온 천지에 펼쳐 놓는다

어르신의 저녁 식사

어르신은 홀로이 저녁을 드신다

수전증이 언뜻 깊으신 손목
오이소박이를 들어 올리다 놓치신다
곤쟁이젓도 집어 올리다 놓치신다
진짓상과 입 사이 거리가 한참 멀다

외등이 켜질 무렵
아이들은 휴대폰 속으로 달 따러 가고
꽃구경 간 젊은 어른들은 발길이 더디다

후루룩 목을 넘기는 물소리 사이로
귀촉도 목이 꺾이는 울음소리
스민다

아가의 몇 구절

마누라가 오늘은 어째
아침 드세요 소리가 늦다
아직 뜸이 덜 들었는가
늦밤토록 솔로몬의 아가를
꿍얼꿍얼 읽고 있더니
잠결에도 구유에 뉘인
아기 예수를 만나는지
만나서는 꿍아꿍아 얼러대는지
가끔씩 아기 어르는 몸짓으로 돌아눕더니
산수유꽃 가만히 피는 이 아침에
추수가 끝난 텃밭을 보듯
무연히 홀로 앉아 늦잠 든
아내 얼굴을 내려다본다
솔로몬의 아가 몇 구절이
다릉다릉 읽혀진다

친구의 잠

진종일을 생계에 볶여
달빛을 밟던 드난살이를
어느새 까마득히 잊고
그때 못다 잔 잠을
지금 자는가

종다리랑
비비추새랑
직박구리랑

번갈아 우는 산자락

닳고 닳은 쇠스랑 녹슨 채
거꾸로 박혀 있는
양지쪽, 낮달이 떠 있는

하늘 아래

나 우정 찾아와 서성이고 있네
잔주름투성이로 헤벌쭉 웃던
자네 얼굴
청솔가지에 가려져
어렴풋 반만 보이네

난蘭이네 가족

크레파스를 옹송그려 잡은 손이 앙증맞다

서툴게, 머뭇거리며, 뒤척이며
냠냠, 날과자를 볼우물로 씹으며
운필運筆이 더디게 구불구불 이어지며
그려지는

이건 엄마고
이건 아빠
이건 삽살개 '미소'
이건 고양이 '뭉크'
아빠 옆엔 내 동생 가온이
엄마 옆엔 나 난이
난이 머리엔 노랑나비

코를 세우고 빨갛게 입술을 그리며 에에, 큼큼
코를 벌룸거린다
동그란 눈들에 동공을 찍으며
배시시 웃는다
크레파스 굵은 선으로 그려지는 난이네 가족
압축된 시간들이 한 폭 그림 속에서
손을 잡는다
엄마와 아빠 발치 끝에
비둘기인지 원앙인지를 한 쌍 더 그려 넣고
살포시 웃는다

크레파스를 옹송그려 잡은 손이 더욱
앙증맞다

오늘 아침

새소리에
잠을 깨는 나무들
기지개를 활짝 켜는 나뭇가지들
딸랑 방울을 흔들며
햇살과 바람에 입맞추는 나뭇잎들

콧노래를 부르며
잘 닦은 그릇들을 가볍게
옮겨 놓는 새댁들
종아리가 탱탱한 손주들
이마와 콧날, 목선이 이쁜
손녀들

오늘 아침
궁둥이가 가벼운

지구

점심點心

늙은 장로와 늙은 집사가

겸상하여 마주 앉은 자리다

고등어 가운데 토막을 서로 드시라

밀쳐 놓는다

토담 너머에선 오동잎 큰 잎새가

너훌너훌 떨어져 내린다

개울물 물소리 사이사이로

말매미들 꼬리에 꼬리를 물고 날아다닌다

고등어 가운데 토막은 가운데 토막으로 그냥 있고

오동나무 큰 잎새가 또 한 잎

너훌너훌 떨어져 내린다

개골창 물소리가 더욱 소리를 높이는 사이사이로

늙은 장로님과 늙은 집사님

서로 건너다보는 눈빛이 깊다

새벽 기도·1

주님이시여, 저는 아직 나이 젊사오매
저의 기업으로 돌자갈밭
거친 땅을 주옵소서

거친 땅 위에 피와 땀을 흘리면서
피와 땀 흘리는 법을 배우고 익히며
푸른 초장을 꿈꾸게 하옵소서
들숨 날숨 숨 쉬는 뭇 생령들과
더불어 뛰고 노래하다 혹 넘어질지라도
피곤치 않게 하옵소서

제가 가는 길을*
누군가의 길이 되게 하옵소서

날마다 햇덩이 하나씩

밀어 올리시며 펼치시는

아침노을의 아름다움을 믿게 하옵소서, 하나님

• 누군가의 〈기도〉 중

새벽 기도·2

주님이시여, 제 살과 뼈가 너무 약하여
서거나 앉거나 바로 누울 기운도 없고
행보行步마저 비틀비틀 불확실하매

닭을 잡아 닭칠개*를 내어 먹으리까
삼겹살을 마늘서껀 구워 먹으리까
먹구렁이라도 몇 다발 포옥
고아 먹으리까
본초강목을 뒤지거나
동의보감을 확 펼쳐서
한방 비법으로 처방함은 어떨는지요

피가 탁해지고 역해지고
짐승 냄새는 아니 날는지요
조요로움이 어마 놀라 도망칠 듯 싶고요

답답 답답 답답함으로 눈자위 짓무르고
날밤 없이 헛것이 보이고
염려가 쌓이면서 하늘에
먹장구름이 끼고 있네요

자비로우신 주님이시여, 어리석은 위인은
어리석은 생각과 조바심으로 제 속을 끓이고
이웃을 걱정과 짜증으로 묶고
어리석은 짓거리로 실족에 이름[죄]을
깨우치게 하소서

허허한 기운을 먼저 말씀으로 채우게 하시고
새벽 맑고 찬바람으로 뜨거운 이마 후려쳐
압복 나루 싸움처럼 승리하게 하소서
맑고 고운 얼굴로 아침 해를,

이웃을 맞게 하소서, 귀히

쓰임 받게 하소서, 자비로우신 이여

---

* 닭 내장을 긁어내고 찹쌀, 마늘, 대추, 밤, 인삼과 한약재를 넣어 고아 낸 보신
제. 고기와 국물을 함께 먹음.

풀씨 하나인들

– 백석교회 30주년: 1970. 11. 14. 창립

1

찬송하리로다, 할렐루야

우리 하나님

지으시고 키우시고 지켜 주시기 어언 삼십 년

교육하는 봉사하는 선교하는

부흥하는 성장하는 발전을 거듭하는

우리 백석교회, 주님께 영광

할렐루야, 주 찬양

2

함께 벽돌을 쌓고

함께 머리 숙여 기도드리고

함께 성경책 말씀에 밑줄을 그으며

함께 첨탑 위에 십자가를 세운

성도들 머리 위에 더 큰 기쁨

더 큰 은총을!

  3
풀씨 하나인들 저절로 움이 트랴

주님은 밤 사이 아그배꽃을 피우시고
사과에 단맛을 더 보태시며
새벽 이슬의 총명을 주십니다

맘문 다 열어 놓고 구주를 영접하는*
우리 백석교회, 언제나 반가운 얼굴들
이제 또 거듭나게 하소서
백석교회 백년사 또 천년사를
창조할 밑돌을 은혜 가운데 겸허히
여기 놓나니, 오늘과 내일을 함께 다지며

감사와 기쁨 누리소서

* 찬송가 327장

슬로베니아에서 보내는 편지

- 독자를 시인으로 만드는 시학을 위하여

尹石山(시인, 제주대 명예교수)

Ⅰ. 발문을 쓰는 이유

저는 이제까지 작품집 해설이나 서평 같은 글들은 되도록 회피해 왔습니다. 독자들을 끌어들이기 위해 좋은 점만 골라 써야 하고, 논리로 위장하는 게 민망하고 힘들었기 때문입니다.

그런데, 주원규朱元圭 시인의 이 시집만은 다릅니다. 1994년 이 시집의 일부 작품들을 읽고 모 문예지에 '비움과 채움의 미학'이라는 제목으로 소개한 뒤 시집을 낸다면 발문跋文을 쓰겠다고 자청했습니다. 그리고 20여 년 동안 어서 내라고 독촉하고, 한 달 뒤에 유럽 여행을 떠나기로 되어 있으면서 준비도 않고 이 발문을 쓰고 있습니다.

제가 이토록 이 시집에 관심을 기울여 온 건 평생 ≪응시凝視≫ 동인으로 함께 활동한 우정 때문만은 아닙니다. 문예지에 소개

175

하는 글에서 밝혔듯이, 그가 지향하는 방향을 조금만 보완하면 우리가 지금 채택하고 있는 포괄의 시학의 문제점들을 상당히 극복할 수 있지 않을까 하는 기대 때문이었습니다.

그때 제가 쓴 글에서 "채움과 비움"이라는 용어는 주지주의 시학에서 사용하는 '포괄과 배제'를 변용한 겁니다. 따라서 그들의 기준으로 말하면 '채움'은 1920년대 엘리어트T. S. Eliot의 '형이상시metaphysical poetry'에서 출발하고, '비움'은 그 이전의 시라고 할 수 있습니다.

제가 이 문제에 관심을 기울여 온 건 '포괄의 시'들은 까끌까끌하면서 감동시키는 힘이 약한 반면에, 주 시인의 작품들은 배제의 시'인데도 잔잔한 감동을 주면서도 아주 새로웠기 때문입니다.

용기를 내어 공개적으로 관심을 표했지요. 그런데, 그는 우정의 표현으로만 받아들이고 무반응이데요. 그래서 다시 포괄의 시들이 부자연스러운 건 일부 인식만 담았기 때문이라며, 한 작품 안에 모두를 담으려고 심리적 거리를 이동하면서 갖가지 실험을 다 해 봤습니다. 심지어는 장르 통합까지 실험했습니다. 지난 연말에 펴낸 제 일곱 번째 시집도 이런 실험의 결과를 검증하기 위한 것이었습니다.

그러나 절망스럽게도 여전히 까끌까끌하고, 감동을 시키는 힘이 약하데요. 그러면서 이 문제를 해결하지 않으면 서정은 곧 몰락할지도 모른다는 생각이 들었습니다.

아니, 인구 5천만 명의 이 땅에 시인이 1만여 명, 독자는 불과 몇천 명, 그마저 대부분이 예비 시인이라는 점에 생각이 미치자 이미 자기 위안을 위해 쓰는 '사적私的 장르'로 전락했다는 생각이 들었습니다.

그런데 말입니다. 20여 년 동안 꿈쩍도 않던 주 시인이 출국 한 달을 앞두고 시집을 내겠다고 원고를 보내오는 겁니다. 너무 반가워 한 달 가까이 매달렸지요. 그러다가 비행기 속에서 보완하고, 독일과 헝가리를 거쳐 발칸반도 슬로베니아의 수도까지 와서 쓰고 있습니다.

II. 그의 시에서 발견되는 시학

한국에서 원고를 받아 든 순간, 우선 과거에 저를 잡아끌었던 작품들이 포함되어 있나 살펴봤지요. 아래 작품이 먼저 눈에 들어오더군요.

ⓐ 땅이 바람 만지는 소리
비둘기가 꿈새순 쪼는 소리
햇살이 앞니 반짝 튕기는 소리

......

소리 뒤의 모든 소리는 고요하다

고요한 소리끼리 모여 사는 동네
그 마을이 내 귓바퀴 안에 있다
— 〈소리의 뒤꼍 마을〉 부분

이 작품은 제가 의지해 온 포괄의 시학에서 보면 '평면적'이고
'관념적'이라고 평하는 게 옳습니다. 하지만 자꾸 잡아끌어 그들
의 스승 격인 파운드E. Pound의 "고담한dry and hardness 이미지"라는
용어를 빌려 주목할 만한 작품이라고 상찬했지요.

그런데 지금 다시 보니, 우선 '친숙'하면서도 '낯선' 제목이 저
를 잡아끌었던 겁니다. 제목은 단지 작품의 이름 노릇만 하는
게 아닙니다. 독서 여부를 결정하게 만드는 장치입니다. 청각적
자극인 '소리'에 '앞뒤'가 있고, 그 속에 '마을'이 있다니 읽지 않
을 수 없게 만들었던 겁니다.

내용과 전개 방식은 더욱 놀라웠습니다. '움직일 수 없는 땅'
이 '움직이는 바람'을 만지고, '햇살'이 인간의 '앞니'를 튕긴다는
내용 때문이 아닙니다. 그런 걸 발견하고도 그에 대한 자기 의
견을 말하지 않는 것이 저를 놀라게 만든 겁니다.

침묵은 누구나 할 수 있다고 생각하기 쉽습니다. 하지만 그보
다 더 어려운 일은 없습니다. 인간은 자기주장을 이야기하는 과
정에서 자아의 존재를 확인할 뿐만 아니라, 어떤 작품을 쓴다는

것은 그에 대해 이야기하고 싶은 욕망에서 출발하기 때문입니다.

왜 참았나 생각해 봤지요. 이야기의 의도를 드러내는 순간 저는 틀림없이 독서를 포기했을 겁니다. 실생활에 별 도움이 안 되는 정서나 상상을 이런 의미로 해석하라고 강요받으며 읽고 싶은 사람은 없을 겁니다.

그런데, 의도를 말하지 않았기 때문에 왜 이런 풍경을 제시했는지 생각해 볼 수밖에 없습니다. 그래서 나름대로 의미를 만들어 내고, 적절하게 만들어 냈는가 검토하는 과정에서 더 많은 의미를 만들어 내고, 그렇게 만들어 낸 의미들의 관계를 검토하느라고 빨려 들어갔다는 사실을 발견했습니다.

혹시 우연이 아닌가 하고 다른 작품들을 살펴봤지요. 역시 마찬가지더군요.

ⓑ 시계가 멈춰 있다고
시간이 멈춰 있는 것은 아니다

구름에 법이 없듯
바람에도 법이 없다

물은 머리를 항상
바다 쪽에 두고 흘러 간다

사과 알이 툭 떨어지며 사과 알이
툭 떨어지는 법을 깨우쳐 준다
                              ─〈사과 알이 툭 떨어지며〉 전문

ⓒ 아무도 없는 방에
아무도 오지 않는다

아무도 없는 방에
방만 있다

닫혀 있는 문은
오래 닫혀 있고

고요가 와서
혼자 늙는다
                              ─〈아무도 없는 방〉 전문

　하지만 ⓑ에서 저를 잡아끈 건 제목이 아닙니다. 그를 통해
사과에 대한 교훈을 이야기할 것처럼 '예단豫斷'하게 만들고, "시
계가 멈춰 있"다로 이어받은 '어긋남'입니다. 너무도 의외라서
한 줄만 더 읽고 판단해야겠다고 다음 행을 읽을 수밖에 없었습
니다.

이런 전개에서 가장 위험한 곳은 그를 이어받는 다음 행입니다. 다시 비인과적으로 이어받았으면 저는 놓았을 겁니다. '임의성', '우연성', '탈중심성'을 위주로 하는 아방가르드 계열의 작품들이 독자들로부터 외면을 받은 건 연속적으로 의미를 만들 수 없게 만들어 읽는 자기들을 무시한다는 느낌을 주기 때문입니다.

그런데 이 작품은 "시계가 멈춰 있다고/시간이 멈춰 있는 것은 아니다"라는 아주 당연한 이야기로 이어받고 있습니다. 너무 당연해 현상만 보고 본질은 못 본다는 이야기가 아닌가 하고 이런저런 생각을 했습니다. 그러다가 '사과 알'과 '시간'이 어떤 관계가 있는가 알아보기 위해 그다음 연을 읽었습니다.

"구름에 법이 없듯/바람에도 법이 없다"도 마찬가지입니다. 다시 당연한 이야기라서 왜 이런 이야기를 하는가 따지다가 '사과'와 '시간'과 '법'이 무슨 관계가 있을까 하고 그다음 연을 읽었습니다. 그러니까 '인과 – 비인과 – 인과……', '의미 – 무의미 – 의미……'의 교차가 이 작품을 읽게 만드는 힘이면서, 이 결합이 독자가 만들어 낼 수 있는 의미의 범위였습니다.

ⓒ 역시 말하지 않고 말하는 작품입니다. 그러나 전개 방식은 다릅니다. 일상에서 "아무도 없는 방에/아무도 오지 않는다" 하고, 다시 "아무도 없는 방에/방만 있다"고 하면 간추려 말하라며 외면할 겁니다. 자기도 말하고 싶은 걸 참고 들어 주는데, 요령부득의 이야기를 되풀이할 경우 누구나 제재하기 마련입니다.

그러나 사회적 권위를 믿고 자기가 고른 문학은 조금 더 참습니다. 주 시인은 이런 너그러움에 기대어 되풀이하면서 리듬을 만들고, 그를 이용하여 계속 읽도록 유도하고 있습니다.

리듬은 비슷한 자질들을 규칙화할 때 형성되는 질서감을 말합니다. 이런 리듬은 옳고 그름을 따지지 않고 받아들이게 만드는 기능이 있습니다. 그리고 의미와 정서를 확대시킵니다. 제가 이 작품을 읽을 때, 독거노인獨居老人들의 독백을 떠올리면서 허공을 너듬는 쓸쓸한 손을 그려 봤던 것도 이렇게 만든 리듬 때문이었을 겁니다.

그는 또 우리의 전통 어법인 언롱言弄과 해학諧謔의 웃음을 이용하기도 합니다.

   ⓓ 지금은 색 쓰는 법을 배우는 시간입니다
스승님은 색 섞는 법을 가르쳐 주십니다

분홍에 파랑을 섞으면 무슨 색?

이 색과 저 색은 연분이 깊지요

무슨 색을 잘 쓰십니까

행복이란 관념 위에 빨강을 칠하면?

색을 쓰는 방법은 다양합니다

(중략)

곰취나무 노란 꽃은
흑장미와 잘 어울립니다
　　　　　　　　　－〈색色 쓰는 법을 배우는 시간〉 부분

　이런 어법은 비판의 정도에 따라 '해학', '언롱', '풍유allegory',
'기지wit', '유머humor', '패러디parody', '풍자satire', '조롱', '냉소', '야
유' 등으로 나눌 수 있습니다.
　언롱은 동음이의어同音異義語의 또 다른 의미로 말하고 듣는 어
법입니다. 그리고 해학은 무심코 자신의 어리석음을 드러내는
어법입니다. 상대를 공격하지 않고 어리석은 장면을 드러내어
우리 모두가 같다고 깨달으면서 웃게 만든다는 것이 공통점입
니다.
　이 작품이 이런 어법을 택하고 있다는 것은 이야기의 순서와
어휘들을 살펴봐도 확인할 수 있습니다. '색'을 미술 용어로 받
아들이도록 만들려면 먼저 미술 시간임을 밝혀야 합니다. 그리
고 '쓰는', '섞는'보다 '사용', '혼합'이라는 어휘가 안전합니다. 의
미는 상황과 문맥의 관계에서 확정되기 때문입니다.

시인이 이렇게 장난치려는 의도는 둘째 연 이하를 살펴보면 더욱 분명하게 드러납니다. 미술 작품을 그릴 때 '분홍'에 '파랑'을 섞는 경우는 드뭅니다. 둘 다 중간색이라서 탁색이 됩니다. 또 '연분'은 남녀 관계를 말할 때 쓰는 어휘이고, '행복이란 관념' 위에는 '빨강색'을 칠할 수 없습니다. 미술 이야기를 하는 척하면서, 남녀 관계를 암시하고 있음을 강조하기 위해 선택한 것들입니다.

행과 연의 실징도 마찬가지입니다. 길이민 따지면 한 연으로 묶어도 상관없습니다. 그런데 여러 연으로 나누어 자주 빈 공간을 설정하고 있습니다. 그것은 이 빈 공간에서 잠시 쉬는 동안 시인이 말하지 않은 의미를 생각해 보도록 유도하기 위해서입니다.

이런 특질을 종합하면, 그의 시학은 시인은 생각할 거리만 제시하고 독자 스스로 생각해 보도록 유도하는 것이라고 할 수 있습니다. 그리고, 그의 시가 까끌까끌하지 않으면서 잔잔한 감동을 주는 것은 '너'와 '나'를 구분하지 않고 '우리'를 지향하고 있기 때문이라고 볼 수 있습니다.

예까지 생각한 저는 이런 '비움의 시학'을 조금만 체계화하면 포괄의 시학이 지닌 문제점을 극복할 수 있을지 않을까 하는 욕심이 생기기 시작했습니다. 하지만 이미 100년 가까이 진행해 온 방향인 데다가, 인간은 누구나 버리기보다 채우려는 욕망을 지니고 있어 동의할 사람들이 드물지 않을까 하는 생각이 들었습니다. 그러다가 다시 20세기 후반에 등장한 철학 사조들을 떠올리면서 이 방법밖에 없다는 결론을 내렸습니다.

1960년대에 등장한 수용미학受容美學만 해도 그렇습니다. 작품의 가치는 작가의 의도보다 독자가 어떻게 받아들이느냐에 따라 판단해야 한다는 겁니다. 또 70년대에 등장한 포스트모더니즘에서는 이 세상에 새로운 것은 없고 '리메이크remake'한 것에 불과하다는 겁니다. 그리고 해체주의解體主義는 여기서 한 걸음 더 나가 차이만 있고 옳고 그름은 없으며, 보편적인 것처럼 보이는 선악善惡마저 주장하는 사람의 이해관계에 따라 좌우된다는 겁니다.

여기까지 생각하자, 다시 주 시인은 같은 시대를 살았으면서 왜 보편적인 시학을 접어 두고 배제 시학으로 작품을 써 왔나 궁금해지데요. 그래서 그의 삶과 가족들을 다룬 4부의 작품들을 읽기 시작했습니다.

Ⅲ. 비움의 미학을 만들어 낸 삶과 의식구조

형식주의자들은 작가의 생애에서 작품의 동인을 찾으려고 하는 건 '의도적 오류intentional fallacy'라고 비판합니다. 하지만 객관적으로 추론할 방법이 떠오르지 않아 이 방법을 택했습니다.

그런데, 가족이나 성장 과정을 다룬 작품이 우선 양적인 면에서 저와 달랐습니다. 저처럼 몇 편이 끼어 있는 게 아니라 4부전체가 그런 작품이었습니다. 전체 작품 82편 가운데 19편이 가족들을 제재로 삼았고, 심지어 강아지와 거위까지 가족으로 삼고 있는 겁니다.

　그래서 시인의 의식구조에 가장 큰 영향을 미쳤을 부모님과 부인을 제재로 삼은 작품부터 살펴보기 시작했습니다.

> ⓐ 아버지는 책에 빠져 무아지경無我地境이십니다
> 나가가 '아버지' 부르지만
> 책 속의 글자들이 귀를 꽉 막아서
> 내 소리는 귓바퀴를 맴돌다 사라지는지
> 책 속의 글자들이 코를 꽉 막아서
> 밥 냄새도 콧등을 스치다 흩어지는지
> 가끔 어깨를 조금 들썩이다, 요지부동이십니다
> 책장은 손가락이 저절로 가 넘기는 듯 싶습니다
> 글자들은 몸의 모든 감각들을 마비시키는 듯
> 장지문 밖의 폭염은 남의 나라 더위인지
> 나뭇잎 하나 까딱하지 않는 無風 중에도
> 땀 한 방울 흘리지 않으십니다
> 잠결에 가끔 '아구구 내 다리야, 무릎이야' 하시면서도
> 책 앞에서는 여러 시간을 허리가 꼿꼿하십니다
> 　　　　　　　　　　　　　　　　　—〈아버지의 독서법〉 부분

ⓑ 쑥개떡을 오물오물 잡수시면서

돋보기를 가끔씩 코허리 위로 밀어 올리시면서

가끔은 어허 쩟쩟 혀를 차시면서

큰 글자 손가락으로 꼭꼭 짚어 읽으시던

우리 엄니 낡은 성경책

오래오래 펼쳐져 있네

　　(중략)

오늘 또 바람이 와서 읽네

　　　　　　　　　　　　　　—〈어머니의 성경책〉 부분

ⓒ 달님 나라의 옥토끼는

이제 늙었지만

내 눈 속의 옥토끼는

옥토끼를 처음 본

그대로 있다

그대로 있다

　　　　　　　　　　　　　　—〈아내의 얼굴〉 전문

ⓐ는 아버지를 제재로 삼은 작품입니다. 이외에도 밥상머리

교육을 다룬 〈여든여덟 번〉, 저녁 식사 장면을 다룬 〈어르신의 저녁 식사〉, 겸상한 분과 고등어 가운데 토막을 먹으라고 서로 밀어 놓는 〈점심〉이 있습니다. TV 토크쇼를 다룬 〈어떤 전말서顚末書〉도 아버지를 염두에 둔 작품으로 보입니다.

또 ⓑ는 어머니를 제재로, ⓒ는 아내를 제재로 삼은 작품입니다. 〈실존 감성實存感性〉은 편찮으신 어머니를 제재로, 밤새워 성경을 읽다가 아침밥이 늦었다는 〈아가의 몇 구절〉과 봄이 와 복엽 채송화가 피었다며 감사 기도를 드리는 〈또 봄날에〉는 아내를 제재로 삼은 작품입니다.

이들을 연결하면 주 시인의 아버지는 호학하고, 근엄하시며, 상대를 배려하는, 칠팔십 년 전 시골 유학자이시되 개화된 분으로 추론됩니다(주 시인의 말로는 근면·성실한 상농上農 중의 상농이셨다 합니다).

또 어머니와 부인은 독실한 기독교 신자이고, 남편 뒤에서 반 걸음쯤 떨어져 따라오는 조용한 분들로 추론됩니다. 아니, 제가 뵌 부인은 실제로 그런 분이었습니다.

저는 한때 충남 부여 출신이 어떻게 해서 서울 서라벌 예술대학 문예창작학과를 다니고, 소설가 이문구李文求, 박상륭朴常隆 선생과 함께 김동리金東里 선생님의 강의를 받았으면서 시를 쓰고, 기독교 계열 중학교 교사로 출발하여 교장 선생님으로 정년 퇴임을 했는가 궁금했습니다. 그 시절에는 문학을 하기 위해 서울로 유학하기가 쉽지 않은 데다가, 가까운 스승, 친구와는 다른 장르를 선택했기 때문입니다.

그러다가 호학하신 아버지의 가치관이 은근히 작용하여 교육계를 택했다고 생각했습니다. 그리고 문학을 택한 것도 보다 많은 사람들에게 자기가 옳다고 생각한 것을 전할 수 있고, 그 가운데에서 시와 문文을 택한 것은 사대부士大夫의 장르라는 전통적 관점 때문이었으리라고 생각했습니다. 그리고 어려서부터 교회를 다녔기 때문에 교단에서 세운 학교에서 일생을 보냈고.

그러나 어떻게 해서 포괄의 시대에 비움의 시학을 택했는가 하는 의문은 풀리지 않데요. 웬만한 발문은 한 열흘 고생하면 마무리 짓는데, 국내에서 한 달 가까이, 나치 발상지인 독일 뉘른베르크에서 일주일, 《부다페스트에서의 소녀의 죽음》의 작중 무대인 헝가리에서 다시 일주일, 슬로베니아의 류블랴나에서 새벽잠을 자지 못하는 것은 이 때문이었습니다.

그러다가 문득 성장 과정과 현재의 삶에 별문제가 없는 사람은 그 사회의 보편적 가치관을 따르기 마련이라는 생각이 들데요. 그래서 비움의 미학으로 쓴 작품 속 자연의 모습과 그를 바라보는 가치관을 따져보기 시작했습니다. 자연을 보는 눈이 그 사람의 가치관을 대변하기 때문입니다.

이 가운데 우선 관심을 끈 것은 아래 작품과 〈까치집 공법工法〉이었습니다.

ⓓ 1
말이 풀을 먹는다.

말이 풀을 먹으며
큰 눈을 껌벅인다.
큰 눈을 껌벅이며 말은
말똥을 싼다. 풀잎 줄기들이
하얗게 엉켜 있는, 메마른
말똥

2
지구의 살가죽에
푸르게 돋은 풀잎

풀잎들은 말갈기의 윤기를 더하고
말똥은 푸른 풀의 푸르름을 더욱 빛낸다.

3
여름이 뛰어노는 언덕
겨드랑이 밑을 휘도는
시냇물 소리

─〈판타지아〉 전문

인용한 작품은 "말똥"이 지구를 푸르게 하고, "언덕" 밑을 휘도는 "시냇물 소리"를 끊이지 않게 한다는 겁니다. 그리고 그 때문에 '풀들'이 자라고, 다시 말들이 뜯어먹는다는 겁니다. 그러니까, 자연은 '상생相生의 원리'에 의해 운영된다는 겁니다.

또 〈까치집 공법工法〉은 까치집은 "철근 한 올/시멘트 한 부대" 쓰지 않은 "부실 공사"의 표본 같지만, 태풍이 불어도 뿌리가 뽑힐망정 그대로라는 겁니다. 그러니까 인간의 공법보다 자연의 이법이 훨씬 완벽하다는 겁니다.

이 두 작품을 합치면 주 시인이 지향하는 가치관은 '존재하는 모든 것들의 상생'이라고 할 수 있습니다. 그리고 그런 모델을 '자연'으로 보고 있다고 할 수 있습니다.

이런 그의 가치관은 변시지邊時志 화백의 작품 세계를 다룬 〈구름 자화상〉에서도 확인할 수 있습니다. 그러니까 변 화백이 그린 '구름'과 '바람'과 '나뭇가지'가 작품이 된 것은 인위적으로 변형하지 않고 그 뒤에 숨은 '그 무엇'까지 담았기 때문이라는 겁니다.

하지만, 〈구름 자화상〉은 주 시인이 추구하는 시학이 얼마나 어려운가를 보여 주는 작품이었습니다. 앞의 작품들과 달리 초점이 잘 안 잡히고, 답답한 느낌이 들었습니다.

그 순간, 그동안 왜 그토록 권했는데도 시집 발행을 미뤄 왔는가 짐작할 수 있을 것 같았습니다. 그래서 창문 너머 한국 쪽의 하늘을 바라보며 미안하다는 말과 함께, 서로 협조해서 새로운 시학으로 완성해 보자고 혼자 제안했습니다.

Ⅳ. 새로운 시학을 위하여

······ 사랑하는 주 형!

당신의 생각할 거리를 제시하고 생각해 보도록 유도하는 시학은 몰락해 가는 서정의 운명을 바꿔 놓을 수 있다고 믿습니다. 물론 자기 말만 해 온 시인들은 좀 불만스럽겠지만. 그러나 그 과정을 통해 자기 수양을 할 수 있고, 또 독자들은 별 부담 없이 읽으면서 이것저것을 생각해 사려 깊은 사람이 될 수 있고······. 그렇게 쓴 작품들은 시간과 공간을 초월하여 계속 새롭게 해석되어 영원함을 얻을 수 있으니까, 받아들일 수밖에 없을 겁니다.

그러나 한 가지만 제안하고 싶습니다. 작품의 제재를 우리가 생각할 수 있는 모든 것으로 확대하자는 겁니다. 이미 모든 것을 체험한 현대인들에게 그게 어떤 것이든 스스로 생각해서 판단하도록 유도하는 것이 더 효과적이기 때문입니다. 어때요, 제 제안?

다음 주 중간쯤 다시 독일로 돌아갔다가 한 일주일 묵고, 동서東西의 채움과 비움이 어떻게 오고 갔나 확인하기 위해 그리스와 터키를 거쳐 다음 달 10일경에 귀국할 예정입니다. 도착하는 대로 연락드릴 테니 둘이 만나 출판 기념회를 열면서 새로운 시학을 완성하기 위한 토론을 시작합시다.

　안녕, 안녕, 한 달 뒤에 봅시다. 안녕…….

수난의 나라 슬로베니아 수도에서

2017년 5월 10일 아침에

문득 만난 얼굴

ⓒ 주원규, 2017

초판 1쇄 인쇄 2017년 8월 14일
초판 1쇄 발행 2017년 8월 31일

지은이 | 주원규
발행인 | 강봉자·김은경

펴낸곳 | (주)문학수첩
주 소 | 경기도 파주시 회동길 192(문발동 513-10) 출판문화단지
전 화 | 031-955-4445(대표번호), 4500(편집부)
팩 스 | 031-955-4455
등 록 | 1991년 11월 27일 제16-482호

홈페이지 | www.moonhak.co.kr
블로그 | blog.naver.com/moonhak91
이메일 | moonhak@moonhak.co.kr

ISBN 978-89-8392-664-7 03810

「이 도서의 국립중앙도서관 출판예정도서목록(CIP)은 서지정보유통지원시스템
홈페이지(http://seoji.nl.go.kr)와 국가자료공동목록시스템(http://www.nl.go.kr/
kolisnet)에서 이용하실 수 있습니다.(CIP제어번호: CIP2017019258)

* 파본은 구매처에서 바꾸어 드립니다.